• 시가 사진을 담다 •

내 밖의 우주
내 안의 우주

시가 사진을 담다

내 밖의 우주
내 안의 우주

초판 1쇄 인쇄일 2023년 11월 15일
초판 1쇄 발행일 2023년 11월 25일

지은이 이기범
펴낸이 양옥매
디자인 송다희 표지혜
교   정 조준경
마케팅 송용호

펴낸곳 도서출판 책과나무
출판등록 제2012-000376
주소 서울특별시 마포구 방울내로 79 이노빌딩 302호
대표전화 02.372.1537   **팩스** 02.372.1538
이메일 booknamu2007@naver.com
홈페이지 www.booknamu.com
ISBN 979-11-6752-373-0 (03800)

· 시가 사진을 담다 ·

내 밖의 우주
내 안의 우주

이
기
범
  지
  음

책과나무

서 문

여기에 쓰인 글은 내 삶의 일부다. 그러나 솔직히 말하면 이 모든 글은 내 머리에서 나오지 않았다. 글은 영혼의 울림이다. 어느 순간 울림이 들리면 나는 그대로 적어 내려갔을 뿐이다. 그렇게 마무리 짓자 울림은 사라졌다. 그래서 나는 내가 쓴 글을 머릿속에서 다시 끄집어 내지 못한다. 바로 영혼의 울림이란 증거다.

처음 그 소리를 들었던 게 십여 년 전 금오도의 버렁길을 걷던 순간이었다. 원시림처럼 우거진 숲은 해무로 뒤덮였다. 바닷물에 깎인 해안 절벽 아래로 쉼 없이 파도는 밀려들고 나갔다. 갑자기 울림이 시작되었다. 수첩을 꺼내 옮겨 보았다.

버렁길 가는 길은 엄마 찾아 가는 길
이름 모를 풀과 나무는 빗물에 젖어
티없이 맑은 태곳적 모습을 드러내고
휘파람새는
애들이 태어나기 이전의
엄마 아빠의 비밀스런 이야기를 들려준다

바다는 엄마의 자궁

양수 냄새를 진하게 풍겨 낸다

메모는 여기서 끊겼다. 이후 이 글을 마무리하려고 몇 번 들여다보았지만 단 한 줄도 써 내려가지 못했다. 금오도를 다시 찾아간들 영혼이 같은 소리를 낼 가능성도 없었다. 그래도 나는 이 조각 글을 좋아한다. 글을 보면 당시 눈에 비쳐졌던 풍경과 냄새, 그리고 마음의 울림과 느낌이 그대로 다시 반복되기 때문이다. 다른 글도 마찬가지다.

편의상 글을 세 부분으로 나누었다. "꽃"은 내 생활 영역에서 중요한 인식의 대상이다. 나는 어릴 적부터 집 안 넓은 정원에 피는 꽃을 사시사철 보면서 자랐다. 그래서 꽃을 바라볼 때마다 항상 오랜 친구처럼 또는 새로 만나는 애인처럼 들여다본다. 말을 걸고 말을 들어주고 사랑스러운 눈길을 보내고 코를 오므려 향내를 빨아들여 마신다. 그리고 야들야들한 꽃잎을 애무하기도 한다. 그저 바라보는 것만으로도 행복하다.

"삶"은 일상생활에서 만나는 이런저런 이야기들이다. 물론 항상 함께 지내는 아내와 자식들이 흔한 소재다. 그리고 삶에 대한 성찰과 내 안 깊숙이 내재되어 있는 어둠이 그다음 소재다. 그래서인지 나는 심연 깊숙이 떨어지는 꿈을 자주 꾸곤 했다.

"빛"은 세상이 열릴 때 어둠 속에 비쳐진 근원(根源)의 빛이다. 유럽 성당을 찾아다니고 고딕 성당을 공부하면서 내 안에 깊게 각인된 빛이다. 그 빛은 내 영혼을 비추고 그 빛을 통해 내 영혼이 드러난다. 그리고 그 빛은 시점을 초월한 나의 우주 속 고향이며 죽은 후 다시 돌아갈 내 존재의 시작점이기도 하다. 나뿐만 아니라 모든 인간들도 그러할 것이다.

　여기 실린 사진은 특별할 것도 없는 주변의 꽃과 풍경들이다. 대부분 항상 들고 다니던 핸드폰으로 찍었다. 눈에 보이는 이미지가 내 영혼을 깨우고 울림을 불러일으켰기에 부제로 시(詩)가 사진(寫眞)을 담는다고 표현해 보았다. 그러나 이미지는 이미지일 뿐이다. 마음속의 외침은 사진이 아닌 글자의 행간에 숨어 있다.

　하등의 남에게 드러낼 만한 글이 아닌 데도 불구하고 들려줄 때마다 웃음으로 화답해 준 가족과 친구들에게 고마움을 전한다. 이렇게 글로 남길 수 있는 것만으로도 내겐 큰 축복이다.

2023년 11월
이기범

차례

1부

꽃, 꿈보다 더 찬란한

2부

삶, 파란 벽지로 도배된

3부

빛, 모든 생명의 근원

1부

꽃, 꿈보다 더 찬란한

청보리밭

내 눈 안에
초록 물감 한 방울 떨어져 내려
봄 햇살 타고
온몸 구석까지 퍼져 나간다

초록 바다는 하늘거리는 바람에도
유혹 못 이겨
봄바람 난 처녀처럼
이리 흔들 저리 흔들
부끄러운 가슴처럼
숨길 따라 오르다 살포시 가라앉는다

이삭 휘돌아 날린 봄바람이
얼굴 솜털 간지럽히고
내 마음도 이리 흔들 저리 흔들
아지랑이 타고 저 위로 오르고 싶다

하늘 향해 뾰족 솟은 보리 까라기는

심지 곧은 사간원 간관처럼

내미는 손마저 찔러 대지만

초록 바다는

오리털 이불처럼 부드러워

이삭 팬 청보리 위에

그대로 눕고 싶다

푸른 하늘에 내 몸을 던지고 싶다

하늘에서
천사들이 내려옵니다

하늘에서 천사들이 내려옵니다
노란 날개 활짝 펴고 내려옵니다
해맑은 웃음 지으며 내려옵니다
트럼펫 입에 물고
천국 팡파르 울리면서 내려옵니다

샛노란 별들이 쏟아집니다
깨끗한 영혼이 타고 옵니다
따뜻한 마음이 퍼져 갑니다
아름다운 사랑이 깨어납니다

봄은 부활입니다
봄은 새로운 생명입니다
사월 갓 태어난 아기의 숨결입니다
우주에 울려 퍼진 심장 박동입니다

봄이 내려옵니다

개나리 타고

봄이 내려옵니다

하늘에서 축복이 내려옵니다

봄이 다시 태어납니다

운동회 날 박 터지듯

겨우내 감추었던
생명이 터져 나옵니다
운동회 날 박 터지듯
희망이 터져 나옵니다

때론 씨앗처럼
때론 조약돌처럼
때론 아기 주먹처럼

여린 듯 강하고
담백한 듯 화려하고
깔끔한 듯 거칠고
수줍은 듯 담대한
생명의 외침을
운동회 날 박 터지듯
온 우주에 토해 냅니다

선운사 동백꽃

선운사 동백꽃
꺾이어
붉은 핏방울
바닥에 휘뿌리던
농민군 함성이
이제
하늘과 맞닿은
청보리 넓은 들에
잠잠히 내려앉아
나불대는 보리 이삭과
아픈 이야기를 나눈다

접시꽃

나는 매일 아침 카르멘을 만난다
검은 윤기 감도는 붉은 접시꽃은 강렬하다 못해
진한 유혹으로 다가온다
검붉은 입술은
내 안의 욕망을 꿈틀거리게 하고
플라멩코 춤 안에 그녀를 가두고 싶다
도톰한 입술에 발린 독은
인생의 모든 것을 한순간 거품으로 끝나게 할 수 있지만
불을 향해 날아가는 부나비처럼
악어 득시글한 개울 건너는 누처럼
이제는 시작조차 알 수 없는 맹목적 사랑을 향해
오늘도 벌 한 마리
꽃 속에서 헤매고 있다

나는 매일 아침 토스카를 만난다
분홍빛 접시꽃은 너무 순결해서
꽃잎 넓게 퍼진 순수함에 차마 만질 수도 없다

카르멘

토스카

비올레타

입술은 차갑지만
심장은 사랑으로 뜨거운 피를 뿜어낸다
욕망으로 날아든 벌 한 마리
푸른빛 감도는 얼음 송곳에 내리꽂히고
사랑의 종말은 죽음이라는 것을
미리 아는 듯
접시꽃은 그대로 꺾어져
먼저 간 사랑 따라 땅에 떨어진다
인생이란 무릇
사랑에 살고 노래에 사는 것을

나는 매일 아침 비올레타를 만난다
옅은 분홍빛 속살은 위태롭기만 하고
바깥 넓은 꽃잎은 너무나 창백하다
먼저 다가가 사랑을 속삭이진 못해도
다가온 사랑 맹렬히 끌어안는다
모든 것 다 버리고 따라간 사랑
남은 건 슬픔과 고통뿐이지만
아픔 없는 사랑은 없다는 것을 아는 듯
오늘도 밤새 이슬을 머금고
땅바닥만 내려다본다

가 버린 사랑

그녀는 미지막 숨을

한 줌의 추억으로 꽉 쥐고 있다

나는 매일 아침 미미를 만난다

순백의 접시꽃은 너무 깨끗해서

티끌 하나라도 묻으면 금세 더러워진다

그녀의 심장은 너무 약해서

내뱉고 싶은 사랑의 말 한마디조차

감당할 수 없는 상처로 남는다

로돌포의 사랑은 토네이도와 같아서

갑자기 찾아와서 쓰라린 고통만 남기고

갑자기 사라져 버린다

항상 먼발치에서 바라다볼 수밖에 없는

운명의 흐름에 손사래 한 번 치지 못하고

하얀 접시꽃은 하얀 눈밭에 그대로 묻히고 만다

따뜻했던 두 손은

그대로 찬 손이 되어 버리고

미미

애기똥풀

헝클어진 덤불숲 사이
붉게 달아오른 꽃대 하나
하늘 향해 치솟고
햇살 실려 날아오는 라일락 향기에 취해
내밀한 비밀 풀어놓다

봄바람은 속삭이며 귀 간지럽히고
늦바람 난 나비는
커다란 날개 펄럭이며 꽃대에 내려앉아
발그레한 뺨 쓰다듬다
머리 위 내리쬐는 태양 열기는
피를 달구고
양귀비에 취한 채 온몸 혈관 끓어오르다

어찌할 수 없는 자극에
어찌할 수 없는 흥분에
어찌할 수 없는 욕망에

오므렸던 봉우리 서서히 껍질 벗겨 내면
야들야들한 노란 꽃잎
부끄러운 속살 드러내다

달구어진 열기는
꽃대 주위로 어지러운 회오리 일으키고
멈출 수 없는 열정에
참을 수 없는 격정에 파르르 떨다
활짝 열린 한 송이 노란 애기똥풀을
하늘 향해 토해 내다

앙금 하나 남김 없이 모든 것 쏟아 낸
붉은 꽃대
제 풀에 꺾여 이내 고개 숙이고
사랑에 취해
봄날에 취해
깊은 잠 빠져든다

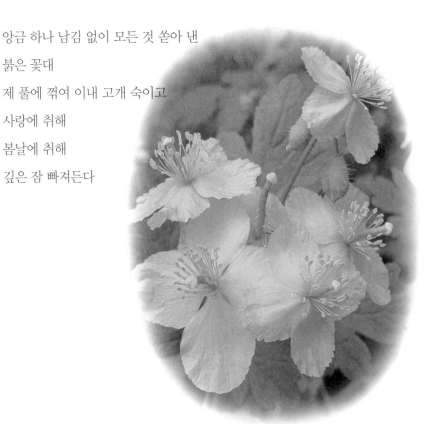

꽃 한 송이

먹고 난 식초 병이
너무 예뻐서

꽃 한 송이 병에 꽂아
식탁 위에 놓아두고

꽃 한 송이 병에 꽂아
내 마음에 품어 두고

꽃 한 송이 병에 꽂아
아내 가슴에 심어 두고

남은 한 송이 병에 꽂아
푸른 하늘 찾아가는
하얀 달에게 건네주네

꽃망울 맺힐 때 매화는

꽃망울 맺힐 때 매화는
그렇게 수줍어하더니
봄 화살에
속살을 그대로 드러냅니다

화장기 하나 없는
깨끗하고 해맑은 하얀 피부에
노란 수술대가 벌들을 유혹합니다

나도 벌이 되어
가만히 손끝을 내밀어 봅니다
수술대는 어느새 촉수가 되어
나를 머나먼
꿈속으로 끌고 갑니다

올해도 내 가슴속에

올해도 내 가슴속에
매화가
사정없이 피어 버렸습니다
가슴에 담지 못한
매화 향은
바람을 타고
저 멀리 날아갑니다
내 마음도 향을 따라
어지러운 비행을 시작합니다

첫 철쭉

올해 첫 철쭉이 피었습니다
반가운 마음에 다가가 눈을 맞춥니다
이제 막 피어난 꽃은 순백의 깨끗한 마음뿐입니다
부끄러워 고개 숙이지만
정작 부끄러워할 이는 나 자신이라는 것을
아침의 꽃을 보고 알았습니다

달맞이꽃

더위를 피해
이른 아침
라이딩을 나선다
구름은 심술 난 듯
빗방울을 내리치고
햇살은 그 심술 못 이겨
얼굴을 내밀었다 다시 감춘다

눈 안으로 탄천이
들어왔다 사라지고
또 다른 여울물이
또다시 들어온다
스쳐 지나가는 바람이
지나온 삶을 속삭이고
계속 따라붙는 짙은 녹음은
내 몸의 찌꺼기를 씻어 낸다

거대한 시공간이
들어왔다 이내 사라지고
또다시
거대한 시공간으로
시간 여행하듯 빨려 들어간다
내 눈에 들어오는 것만으로도
내 눈에서 사라지는 것만으로도
내 귀를 스치는 바람 소리에
깜짝 놀라는 것만으로도
나는 살아 있음을 즐긴다

한 줌의 흙이라도
밟고 갔으면 좋으련만
한 조각의 이파리라도
만져 보고 갔으면 좋으련만
한 움큼의 꽃 향기라도
맡아 보고 갔으면 좋으련만
멈추면 쓰러지는
인생의 두 바퀴 위에서
버둥대며 페달 밟는
내 모습이 안쓰러워

큰맘 먹고 잠시 내려

낮에 나온 달맞이꽃과

이야기를 나눈다

능소화

장맛비가 그친 뒤
주변 꽃들은 다 떨어지고
큰 나무에 대나무 발을 걸친 듯
싱그러움을 한껏 뽐내는
능소화가 오늘따라 돋보입니다

나팔꽃처럼 생긴 주황색 꽃은
그리 화려하지도 않고
그리 예쁘지도 않고
그렇다고 깔끔하지도 않습니다

약간은 수줍고 약간은 어리숙해 보이는
그래서 그런지
왕에게 단 하룻밤만 보내고 내쳐졌다는 꽃 이야기가
슬픈 여인네의 눈물처럼
예나 지금이나 사람의 마음을 울립니다

꽃잎이 떨어질 때도

동백꽃처럼 목을 툭 꺾어 땅에 떨어집니다

그래서 옛 선비들이 좋아했다는데

그런 절개를 가진 선비가 왜 이 시대에는 없는지

능소화에게 물어봅니다

노오란 개나리

노오란 개나리가 너무 고와서
예쁘게 사진 담아 보내 줬더니
매화가 샘을 내어 꽃 피웁니다

매화의 맑은 모습 담아 줬더니
벚꽃도 시샘 나서 꽃 피웁니다

벚꽃이 웃는 모습 너무 예뻐서
찍어 주려 카메라를 들이댔더니
바람이 시새움에 흔들어 댑니다

그래
바람아 너 어디 있니
살랑대며 들뜬 얼굴 보여 준다면
벚꽃 안은 네 모습도 담아 줄 텐데

매섭던 지난겨울

매섭던 지난겨울
대지 품에 안겨
꿈을 꾸던 개나리는
볼에 닿는
다사로운 바람에
알을 깨고 나온다

잔털 덮인 눈꺼풀은
아직 졸음에 겨워
올리기도 힘들지만
꿈속에서 봤던 봄 내음은
실컷 맛볼 수 있다

따사하게 내리쬐는
햇볕은
엄마 젖이 되고
아직 못다 꾼 꿈 아쉽지만

개나리는 눈을 뜨고

꿈보다 더 찬란한

새봄을

가슴에 담는다

유채꽃을 바라보면

사월 유채꽃을 바라보면
항상 어제처럼 느껴지는
신혼여행을 떠난다
세상에 불행한 일 하나도 없는 듯
행복한 날들이 끝없이 이어질 듯
꿈속을 헤맸던
제주도 여행을 떠난다

노란 꽃 속에 파묻혀
나란히 껴안고 찍은 사진 속
아내는 유채꽃처럼 웃고
나는 초록의 이파리처럼
세상 다 가진 청춘인 양
유채꽃을 붙들고 있다

유채꽃에 다가가면
처녀적 아내 처음 만났던

풋풋한 가슴 향내가 풍겨 온다
가슴 떨리며 상상했던
상큼하고 새콤한 숫처녀의 내음이
풍겨 온다
숫총각의 눈을 멀게 하고
멀쩡했던 코를 마비시킨
사랑의 향기가 다가온다

너무 많은 꽃을 매단
가녀리고 기다란 줄기는
살랑거리는 바람에도
흥분을 감추지 못해
이리저리 낯 붉히며 제 몸 주체 못하고
최면을 유도하는 시계추처럼
노골적으로 유혹하는 살로메의 춤처럼
전류에 감전된 듯
손끝까지 가벼운 경련을 일으킨다

해마다 피어나는
유채꽃은
이제는 먼 옛날처럼 흘러 버린

세월을 불러오고
나이 먹어 초로(初老)의 시간 앞에
서성이는 아내를
아직도 싱싱하고 풋풋한
아직도 탄력 있고 매혹적인
이십 대 처녀의 가슴으로
껴안아 주고 싶다

해마다 돌아오는
유채꽃 피는 따뜻한 봄날에
나는 항상
신혼여행을 떠난다

라일락꽃이 활짝 핀 날은

라일락꽃이 활짝 핀 날은
항상 바람이 분다
자신의 향기를 모두에게 나누어 주려는 듯
나무는 바람을 만들어 낸다

날리는 꽃 내음이 흩어지는 게 너무 아까워
나는 코를 오므려 젖을 빨듯
가슴속 깊숙이 들이마신다

봄날의 햇살은 수정처럼 맑다
너무 맑아 볼 수가 없고
상큼한 바람에 실려 오는
꽃 내음을 통해 느낄 수 있을 뿐이다

코 점막을 지나 봄은 내 몸 안에 들어오고
혈관 타고 멀리 날아가
머리에서 손끝까지 봄 향기를 전한다

뇌세포는 아편 맞은 듯 향기에 도취해서
머릿속에 한 송이 라일락꽃을 피워 낸다

해바라기 새싹 하나

애가 심은 해바라기 새싹 하나
키가 자라지 않아 속상했는데
어제 아래 밑동을 보니
언젠가 부러져 꺾였던 줄기를
그대로 안고 살아가고
있었네요

사람으로 치면
허리 부러져 살고 있던 셈인데
아프다고 얼굴 한 번 찡그리지 못한 채
서운했던 내 감정에 숨죽여 눈물
흘렸네요

말 못하는 식물조차
자기 장애 안으며 살아가는데
사지 멀쩡 부족할 게 없이 살면서도
맨날 힘들다고 찌푸리는 내 모습이
부끄럽네요

드디어 피었습니다

드디어 피었습니다
예쁘게 피었습니다
생명을 잉태하려 합니다
꽃 하나에 신비가
꽃 하나에 생명이
꽃 하나에 우주가
열립니다

천국 꽃밭에서

호랑나비 한 마리
꽃밭에 앉아
바람에 실려 오는
향내에 취해 본다

내리쬐는 햇살은
너무 따사해
한 줄기 버리는 것도 아깝다

세상 저 멀리까지
핑크빛 꿈만 펼쳐지고
대롱 안엔 달콤한
꿀만 가득 올라온다

저 밖 공간은
잊혀진 세상
꽃잎 덮인 이 공간은

살아 있는 세상

봄은 꽃과 함께 피어나고
봄은 바람과 함께 퍼져 간다

내 눈 안의 봄과 내 코 안의 봄이
비록 사치일지라도
나는 내 것으로 만들고 싶다

마스크로 차단된 세상
살며시 들어 올려
코 안 깊숙이
봄을 빨아 마신다

이른 아침 봄날은

부드러움이 단단함을 이기듯
두꺼운 대지를 뚫고 솟아나는
여리디여린
난초 새싹

수줍은 말간 봉우리가
퍼질 때마다
내 뇌를 마비시켜
저 먼 태곳적 고향으로 끌고 가는
라일락 향기

올망졸망 담벼락 위에
다리 걸치고 올라앉아
재잘거리는 아이들처럼
담장에 기대서
순박한 봄의 양념 뿌려 대는
명자나무꽃

상큼한 봄바람이
내 귀를 간지럽히듯
오늘 아침 마르치가 들려주는 슈베르트는
촉촉한 눈물 되어
내 마음에 봄비를 뿌린다

이른 아침 봄날은
삶의 대서사시다

목련

겨울 보내고

햇살 담은 봄바람이 목련을 깨웁니다

꽃망울 덮던 두꺼운 외투가

보풀처럼 일면서

상큼한 찬바람이 스며듭니다

꼭꼭 감추었던 하얀 속살이

이제 기지개를 켭니다

내 가슴엔 이미 목련이 피었습니다

하루 종일 내리는 비에

하루 종일 내리는 비에
활짝 핀 철쭉
떨어질까 마음 졸였더니
봄비에 목욕한 듯
더욱 생기가 돕니다

목욕하고 나온
아내 어깨 위의 물기처럼
아직 닦지 못한
물방울은
꽃잎 위에서 그대로
진주가 됩니다

먼지 쓸려 나간 파란 하늘처럼
물기 머금은 하얀 철쭉처럼
우리 마음도
우리 생각도
항상 맑았으면 좋겠습니다

자연의 아름다움은 끝이 없습니다

잡초 사이에서 나를 향해 흔드는 핑크빛 수술을 만납니다

그 유혹에 끌려 벌 한 마리 침 흘리며 다가갑니다

자연의 아름다움은 끝이 없습니다

이름조차 생소한 잡초의 아름다움이 이러할진대

그걸 바라보는 우리 생명은 어찌 그리 경이로운지요

한창 젊을 때는 모르더니

사방에 널린 데도 보질 못하더니

이제 저세상의 여명에 다가갈수록

이 땅의 모든 것이 다 아름답습니다

이 땅의 모든 것이 다 감격입니다

이 땅에 태어나 살고 있는 것만으로도 축복입니다

첫 장맛비

올해 첫 장맛비가 훑고 가니

주변의 야생화는 더욱 튼실해집니다

비록 생긴 건 비싼 꽃에 비해 못났어도

소박함과 수수함에 나름 기품을 지녔습니다

야생화는 각자의 모습보다는 무리가 함께 어울렸을 때

아름답습니다

하찮은 미물도 세상의 한자리를 차지하고

나름 자기 존재 이유가 있습니다

소중하지 않은 창조물은 없습니다

루드베키아는 나지막한 언덕배기에 노란 붓 칠로 그림을 그립니다

얼굴을 들이대는 모습이 그렇게 당당할 수 없네요

북미 수입산이라는데…

개망초도 밤하늘의 은하수처럼 하얀 가루를 뿌립니다

질기고 질긴 생명력으로 하늘의 별만큼이나

땅 위를 덮을 기세입니다

아침

아침에 짓는 환한 웃음은 하루의 생명입니다
아침에 마주치는 예쁜 꽃은 하루의 즐거움입니다
아침에 듣는 아름다운 음악은 하루의 양식입니다

아침 미소는 내 마음에 평화를 주고
아침 꽃은 내 마음을 밝게 하고
아침 음악은 내 마음을 열리게 합니다

날마다 싱그러운 아침입니다

얼굴에 부딪히는 찬바람이

얼굴에 부딪히는 찬바람이
샤베트처럼 상큼하게 느껴집니다
눈가에 내리쬐는 햇살은
갓 구운 군고구마 속살처럼 따사합니다

따뜻한 남쪽 나라 훈풍에
메말랐던 가지에도 생기가 돋아납니다
두꺼운 외투 속에 추위를 피하던 꽃망울이
빼꼼히 얼굴을 들이밉니다

해마다 돌아오는 봄이지만
올해 새로 피어나는 꽃망울에게는
처음 맞는 새로운 세상입니다

호박꽃

호박꽃밭에 섰습니다
진한 녹색의 널따란 이파리 사이사이
샛노란 호박꽃이
빙그레 미소 짓는 백 일 된 아기 얼굴처럼
천진난만한 모습으로 피어납니다
막 피어날 준비를 한 채 입술을 오므린 호박꽃은
고집 센 할아버지처럼 마음을 닫고 있습니다

누가 호박꽃을 볼품없다 했는지요
샛노란 순수함과
넓은 꽃잎의 후덕함과
빼어나진 않지만 수수한 얼굴과
바람에도 쉽게 흔들리지 않는 두터움에 믿음이 갑니다
호박꽃의 매력에 이끌려 뭇 벌들이 날아듭니다
넉넉한 인심에 벌들이 춤을 춥니다
호박꽃 같은 인간들이 사는 세상
얼마나 행복하고 살기 좋을지
갑자기 부러워집니다

엄청난 비바람에

엄청난 비바람에 꼿꼿하던 접시꽃 줄기가 뉘어졌습니다
꽃들이 청사초롱처럼 땅을 향해 빛을 비춥니다
이제 막 피어나려는 꽃봉오리가 엄마 닭을 쫓는 병아리처럼
졸졸 따라갑니다
어쩌면 눈물처럼 보일 수 있는 것을
꽃잎에 매달린 물방울이 수정처럼 영롱합니다
강아지풀 잎사귀 거친 털 위에도 수정 구슬을 가득 안고 있습니다
싱그러운 자연의 꾸밈없는 모습에 내 마음이 행복해집니다
모든 것이 감사합니다
이런 행복이 내 자식과 내 자식의 자식까지
그대로 내려갔으면 하는 바람입니다
있는 그대로의 모습이 축복이고 아름다움이고 경이로움입니다

봄

이제 라일락이 활짝 피었습니다
올해도 라일락은 봄바람을 설레게 합니다
내 마음도 봄바람을 따라 멀리 날아가고 싶습니다
벚꽃이 피었다고 봄이 아닙니다
철쭉이 피었다고 봄이 아닙니다
대지의 껍질을 뚫고 나오는 새싹을 볼 때
새빨간 입술보다 예쁜 꽃망울을 볼 때
갓 태어난 아기의 피부보다 훨씬 여린 보풀 덮인 연두색 새잎을 볼 때
그 안에서 생명의 신비로움을 느낍니다
창조의 위대함을 보게 됩니다
그래서 봄입니다

흰색, 분홍색, 연두색, 빨간색으로 차려입은 새색시를 보는 것처럼
내 눈이 정신을 못 차리고
술동이에 빠진 듯 라일락 향기에 취해 비틀거리고
바람난 처녀처럼 따뜻한 봄바람이 내 마음을 바람 들게 하여도
그래도 나는 행복합니다

살아 있음에 감사합니다

이 순간 느끼는 모든 것을 붙잡고 싶습니다.

내 마음의 봄이 몇 번이나 올는지 알 수 없기에

이번이 마지막인 양 마냥 붙들고 싶습니다

봄은 생명입니다

해바라기

노란 물감으로 그려진 해바라기 캔버스
어릴 적 떠난 고향의 향기 전해 온다

샛노란 꽃잎은
티 없이 맑고 순수한
그대의 눈동자

알알이 빼곡히 박힌
그 씨알만큼이나 수많은 사연을 간직한
그대의 가슴을
하늘을 향해 불태워 버리고
희미하게 꺼져 가는
추억으로 남는다

2부

삶, 파란 벽지로 도배된

감사의 성탄절

평범하게 살면서도 내 마음 한구석
성스러움 느낄 수 있어 감사하네

사랑받고 살면서도 그 사랑 모르더니
지나온 내 삶 속에 사랑의 씨앗 찾을 수 있어 감사하네

해마다 돌아오는 봄꽃이 있는 줄도 모르다가
이제는 꼭 껴안고 사랑할 수 있어 감사하네

보리밥에도 옛날에는 배고픔을 느끼더니
날이면 날마다 빵 냄새 맡을 수 있어 감사하네

빨간 자가용 모는 미국만 천국인 줄 알았더니
천국은 갈 수 없는 동화 속 나라로만 알았더니
이제 내 차 몰며 천국 다닐 수 있어 감사하네

얄팍한 내 지식으로 껍데기만 매달리다

보이지 않는 내 영혼 알게 되어 감사하네

내 중심으로 돌아가는 세상인 줄만 알았다가
나도 태양 도는 한 인간인 걸 깨달아 감사하네

교만으로 점철된 내 인생 속에서
욥처럼 작은 겸손 배울 수 있어 감사하네

힘들고 어려울 때마다 보이지 않는 손길에 감사하고
이제는 조금이나마 도울 수 있어 감사하네

무거운 짐 헉헉대며 놓지 못하고 헤매다가
솔직하게 포기하고 내려놓을 수 있어 감사하네

슬픈 영화에 눈물 흘리는 여린 마음에 감사하고
악이 행해지는 세상에 분노할 수 있어 감사하네

부서진 철교 트러스 위 간당간당 매달려
봇짐 지고 탈출하는 사진 내 가슴 때리더니
살아온 내 인생에 전쟁 없어 감사하네

내 마음속 사악함이 용암 끓듯 터져 나오나
아직까지 손가락질 받지 않아 감사하네

날마다 저 깊은 심연 속으로 끝도 없이 떨어지더니
아직도 이 땅 위에 살아 있어 감사하네

얼마나 가야 육지 나올지 아무것도 모르면서
신념만으로 항해 나선 콜럼버스 용기 알게 되어 감사하네

도저히 손에 닿을 것 같지 않던 불가능한 꿈도
이제는 쉽게 손에 넣을 수 있어 감사하네

눈만 뜨면 세상 놀랄 일 끝도 없이 일어나는데
내 몸 내 가족 건사하고 함께 있어 감사하네

나이 들어 녹슨 부속 언제 멈출 줄 모르는데
오늘 아침도 하나님 거두지 않고 눈뜰 수 있어 감사하네

나이 육십이면 세상 떠날 준비 하는 줄로만 알았더니
육십 훨씬 넘은 나이에도 할 일 많아 감사하네

내 인생 오로지 한 번뿐인 줄 알았다가
정년 지나 새 인생 살 수 있어 감사하네

알고 싶은 것 느끼고 싶은 것 얼마나 많은데
보고 싶은 것 듣고 싶은 것 얼마나 많은데
우주의 먼지 한 톨 만질 수 있어 감사하고
아침 숲속 바람 소리 들을 수 있어 감사하네

꿈에서나 그리던 유럽 다닐 수 있어 감사하고
인간을 알고 인간 능력 볼 수 있어 감사하네

내가 갖고 태어난 달란트에 감사하고
그것으로 굶지 않고 자식 가르칠 수 있어 감사하네

셀 수도 없는 많은 별들과 장엄한 우주 속에서
두려움과 경외감이 맞물리는 끝없는 공간 속에서
살아 있어 감사하고 무릎 꿇을 수 있어 감사하네

미세먼지만큼 작은 세포 날마다 들여다보면서
숨 쉬고 움직이고 태어나고 스러지는
생명의 신비 배울 수 있어 감사하네

이 땅에서 이 시대에 태어나서 감사하고
동물 아닌 인간으로 태어나서 감사하고
인간으로 인간답게 살 수 있어서 감사하고
마땅히 감사한 일 감사할 수 있어서 감사하네

이 사진은 1950년 12월 Max Desfor가 대동강에서 찍은 것으로
다음 해 퓰리처상을 수상했다.

기도

애야
이제 조금 나아졌니
열은 조금 내렸니
설사는 좀 가라앉았니
욱신거림은 없어졌니
산소 포화도는 올라갔니
잠은 잘 자고 있니
약은 매번 잘 먹고
밥은 제때 먹고 있니

맥없는 네 목소리에
잘 있다는 네 대답도
가슴에 쇳덩어리 박힌 듯
내 마음도 아프구나
너 혼자 있어
너겟*조차 곁에 없어
너무너무 힘들겠구나

이웃이라도 있어 도움이나 받으련만
꼼짝없이 너 홀로 이겨 내야 하는
외로움을 요구하는
몹쓸 병이
너를 힘들게 하는구나
너를 지치게 만드는구나

네가 잠 못 자고
네가 땀 흘리고
네 입술 말라 터지고
네 온몸 열기 뿜어나면
태평양 건너
일본 열도 건너
네 아픔 케이블 타고 전해 오고
네 열기 바람에 묻어 실려 오네
그 아픔에 찔리고 그 열기에 데여
뒤척이다 잠 못 이루고
헛된 꿈에 가위 눌리다
물먹은 이불 뒤집어쓴 듯
땀 먹은 베개에 입이 틀어 막힌 듯
쇠못 박힌 널빤지에 드러누운 듯

천근만근 무게가 가슴을 짓누르네
온몸 근육이 고통으로 멍이 드네

자식은 떼어 내준 내 몸 일부라서
자식은 나누어 준 내 영혼 일부라서
자식은 나를 닮고
나는 자식 닮아
자식의 아픔은 내 아픔 되고
자식의 슬픔은 내 머리에 심어지네

피아노 없어 공부 못한다는
자식 편지에 심장 찢겨
삼 년 동안 헐벗으며 솔방울 긁어모아
이 산 저 산 무릎 까지며 땔감 주워 모아
자식 위해 피아노 사 줬다는
어머니보단 모자라도
자식이 아프면
내가 대신 아프고 싶고
자식이 눈물 흘릴 때
그 눈물 받아 주고 싶네

세상의 아비 어미

자식 마음은 똑같은데

내가 부족해서

내가 모자라서

내 죄가 워낙 커서

내 대신 자식이 속죄하고

내 대신 자식이 십자가 진 듯하네

떨어져 있다는 핑계로

아무것도 하지 못한 내 모습이 한심해

하늘 보며 땅을 보며

긴 한숨만 내쉬고 있네

이겨 내는 힘 달라고

긴 기도만 올리고 있네

* 너겟: 애가 키우는 강아지 이름.

딸 생일에

갸름한 대지에
오뚝 솟은 코
수정 닮은 눈동자는 짝을 이루고
허여멀쑥한 피부는 봄의 생기를 재촉하네
메말랐던 가지에 불이 오르면
대지의 온기 빨아들여
사월의 햇발을 안고 그대 태어났지

밝게 웃는 눈빛은
세상 근심 덜어 내고
옹알대는 입가는
자궁 속 이야기 들려주네
조몰락대는 손가락은
초봄의 햇잎처럼 부드러워
세월에 지친 아비 마음 쓰다듬어 주네

믿음이 칡넝쿨처럼 뿌리내리고

소망이 등대처럼 확실해질 때
그대의 기도는 이루어지리니

세상의 물빛이 탁하더라도
사람들 숨결이 거칠어지더라도
타고난 눈빛과
맑은 영혼
잃지 말게나
화롯불 같은 따뜻한 손길
나눠 주게나
거름 주며 가꾸던 꿈
꽃피우게나
세상은 진정 그대 것이거늘

결혼기념일

결혼기념일이라고

작은아이가 꽃과 케이크를 사 들고 왔습니다

봄에 태어난 두 딸은 사랑스러운 봄꽃들입니다

한 송이는 냉철한 머리를 가진 매화를 닮았고

한 송이는 따뜻한 마음을 가진 장미를 닮았습니다

사랑으로 얻은 소중한 선물입니다

봄 햇살을 타고 내려와 내 눈에 박힌

값진 보석입니다

파티 다음 날

아침에 일어나 보니
어젯밤
난지도 꼭대기보다 높았던
손대기조차 싫던 그릇들이
말끔히 치워져 있다

신맛조차 가 버린
열무김치처럼 퍼져 버린
피곤에 지쳐
두꺼운 밤의 장막처럼 덮여 오는
졸음에 지쳐
치우지 못한 솥단지가
깔끔히 씻겨져 있다

밤새 천사가 왔다 간 걸까?

인생은

인생은
강 위에 떠 있는 쪽배
바람 부는 대로 움직이고
물결 이는 대로 흔들린다

사공은 노 젓는 것도 잊은 채
드리운 낚시찌만 물끄러미 바라보고
물안개는 꿈결처럼 아스라이 퍼져 나간다

새벽 미풍에도
작은 배는 이리저리 빙그레 돌고
어느덧 배는
강 한가운데
처박혀 있다

엔비 사과

사과 안에 아내가 들어 있다
까칠한 듯 매끈한 껍질에
거친 세상 견뎌 낸 아내 피부가
담백한 듯 연노랑 과육 안에
빛깔 잃지 않은 아내 속살 담겨 있다

한 입 벨 때 상큼한
봄 처녀 같은 향내가
아내 가슴에서 풍겨 나고
두 입 벨 때 아삭아삭
기분 좋은 식감에
깔끔하면서 거칠은
따뜻하면서도 엄정한
아내 성깔 담겨 있다

너무 빨갛지도
너무 빛나지도 않은 껍질에

너무 야하지도

너무 노골적이지도 않은

중독성 강한 입술처럼

한 입 깨물고 두 입 깨물 때마다

혓바닥에 느끼는 새큼달큼한 맛에

겹쳐진 입술처럼 야릇한 흥분 몰고 온다

단단한 육질은 아내의 심지

한가운데 숨겨진 사과 씨앗은

통째로 갖기 힘든 아내의 마음

사과 안에 아내가 들어 있다

어릴 적 사과만 먹고 자랐다는

아내가 들어 있다

욕(辱)

신문 보며 아내가 묻는다

자기야

전직 당 대표가 기자들에게

XX 자식 했다는데…

후레 사식이야?

글쎄, 나는 호로 자식으로 알았는데…

그럼 후레와 호로는 다른 말이야?

…?

…!

같은 말이래

후레와 호로는 다 싸가지 없다는 말이고

호로는 호래*를 잘못 쓴 거래

그럼 호로가 사투리네

근데 싸가지**도 사투리라는데

우리 말은 욕도 왜 이리 어려워?

신문에서 XX 말고 제대로 써야

욕도 제대로 배울 것 아니야?

우린
학교에서 욕을 배우고
거리에서 욕을 배우고
사회에서 욕을 배우고
그리고
천만 넘는 영화에서도 욕을 배운다
가만 있어도 욕이 들리고
꿈속에서도 욕이 들려온다
욕이 일상인 세상
욕으로 소통하는 세상
욕이 멋있어 보이는 세상
욕밖에 모르는 세상
그 욕이 추하다고
신문은 XX 자식이라 쓰고
우린 후레 자식이라 읽는다

* 　호래 자식(호래 아들)의 본딧말은 홀의 아들, 즉 홀아비·홀어머니의 아들
　　로 '본데없이 막되게 자라서 버릇이 없는 사람을 욕으로 이르는 말'이라고
　　사전에 기술되어 있다. 호래 자식(아들)의 큰말이 후레 자식(아들)이다. 그
　　리고 우리는 호래(후레) 자식이라 읽지만 호래(후레) 새끼라고 머릿속에 입
　　력한다.

** 싸가지: 싹수의 사투리.

신문 보며

신문 보며 아내가 묻습니다
'메시, 바르사에 잔류키로'
자기야, 바르사가 뭐야?
바르셀로나!
바르사에 잔류키로?
'남기로' 하면 우리말에 어감도 좋잖아,
시―팔!

아침 일찍
신문 확인하며 아내가 묻습니다
자기야, 신문 주말 판 안 왔어요?
응!
휴가철이라 이번 주 다음 주엔 안 나온대…
남들 간다고 신문도 놀러 가?
지랄!

여행 떠나는 날

여행 떠나는 날
아내가 내게 물었다

"난 무얼 준비하면 돼요?"

"사랑만!"

제주(濟州)

한여름 폭염이 제자리 찾아가고
광포한 태풍도 제 풀에 꺾여 꼬리 내리던

파란 하늘과 푸른 바다가
서로 밀당하듯 입 맞추던

오름 풀밭에 숨어
시원한 가을바람 기다리던 갈대가
수줍게 춤추던

김밥이 내 목구멍을 미끄러지듯 넘어가고
뽀얀 육수 속에서 흑돼지가 물장구치던

제주
그 바닷가 조약돌이
내 빈 가슴 하나씩 쌓여 자그만 탑을 만들 때
그 아래 이름 모를 하얀 꽃은 내 마음 울리고
나는 어느새 고향에 와 있다

신시도(新侍島)

저 멀리 다리 묶인 무녀도 선유도는
배부른 누렁이처럼 수면 위로 널브러져
무심한 눈 내리깔며 턱을 괴고

썰물 빠져나간 잔잔한 물결에 갈치 떼는
아직 잠을 자는지
일렁이던 은빛 비늘은 제자리에 멈춰 서고

초대받지 않은 하얀 배 한 척
할 일 없이 자리 펴고
그대로 등 대고 누워 일광욕을 즐기고

초록 치마 둘러 입은 키 작은 등대는
어젯밤 힘든 노동에 지쳐
살포시 눈꺼풀 처지며 깊은 잠에 빠져들고

밤사이 내려앉은 해무에

입술 축인 큰금계국은

거울 보며 샛노란 얼굴 새로 화장하고

늦잠 자다 일어난

이름 모를 새 한 마리

마실 나간 엄마 찾아 날카롭게 울어 대고

자기 내친 임금을 오매불망 못 잊어

수백 년 한양 향해 머리 조아리던 망주봉(望主峰)은

머리카락 한 올 남지 않아 햇볕에 살을 데고

갈매기조차 숨죽여

머리 위로 솟구치는

붉은 태양 바라보는

베란다 난간에 기대서서

내 눈 안에 들어오는 모든 풍경을

내 코 안에 스며드는 모든 냄새를

아침 커피에 담아

쌉싸래한 입맛으로 내 뇌를 깨우는

초여름 햇살 내리쬐는 신시도 앞바다

너른 마음으로 바라보며

오랜만에

대통령 별장 부럽지 않은

뜻밖의 호사를 누린다

문경새재

추풍령은 낙엽처럼 떨어진다고
죽령은 대나무처럼 미끄러진다고
과거 보러 나선 유생(儒生)들은 오로지
새들도 쉬어 간다는 높고 높은 문경새재를
걸어서 걸어서 올라갔다

졸졸 흘러내리는 계곡 따라
똬리 틀 듯 굽이굽이 하늘 오르던
좁은 새재 길엔 어사화(御賜花)가 없다
흔하디흔한 야생화도 자라지 않는다
키 높은 소나무 가지만 하늘을 가리고
올려다보아도 임금 얼굴조차 볼 수 없다

새재 마루 올라서면
마패봉에서 말 타고 내려온 시원한 바람이
머릿속 하얘진 유생들의
땀에 젖은 속곳을 식혀 주었지만

그렇다고 마패까지 안겨 주지는 않았다

조령관에서 바라본 한양은 아직 안개에 묻혀 있다
그곳은 일 년 내내 갠 날이 없다
항상 비가 내리고 눈이 날리고 안개에 덮인다
어느 날은 우박이 떨어지고
어느 날은 갑자기 붉은 비가 쏟아졌다

그곳에선 그가 배운 지식은 쓸모없었다
과거장(科擧場)에서 휘갈겨 써 내려간
멋들어진 한문 글귀는
시험관 입맛만 다셔 줄 뜻 없는 글자일 뿐
자리 하나 얻어 보려 침 발라 비벼 대는 아부일 뿐
검은 물만 흐르는 한양 청계천에서도
누런 논물 잠겨 있는 동헌 앞마당에서도
수천 년 묵은 공자 맹자는 이미 버려진 쓰레기였다

오직 머리 조아리고 복창만 하는 지식만
오직 뻣뻣이 고개 세우고 호통만 치는 지식만
오직 대가리 굴려 남 때려잡는 지식만
오직 기회 보며 살아남는 지식만

오직 내 뱃속 채워 넣는 지식만 필요했다

그러나

사서삼경 어디에도 그런 지식은 쓰여 있지 않았다

조령(鳥嶺) 고갯길에서 죽은 새는

날아오르느라 지쳐 죽지 않는다

한양 쪽에서 불어오는 바람은

너무나 독하고 역겨워

숨을 들이마시는 순긴 정신을 잃고 만다

푸른 잎 이슬 먹고 사는 새는

그 바람을 마시는 순간 죽고 만다

그래도 그 바닥에 사는 인간들은

그 바람만 먹고 산다

꼿꼿이 바로 선 나무는 베어져

구중궁궐 기와집 기둥으로 죽어 가고

땅바닥만 바라보던 굽은 나무만 살아남아

도포 자락 휘날리며 떵떵거린다

그리고 그 밑에

누렇게 부황 든 풀들만 살아간다

새재 위 걸터앉은 구름에서

이슬이 맺히고 물이 흘러내린다

재 북쪽으로 내린 물은 욕망과 뒤엉켜

시커먼 시궁창으로 빠져들고

재 남쪽으로 내린 물은 알량한 자존심으로 포장되어

서원 앞 개울로 흘러간다

그게 청계천 물이든 안동(安東) 물이든

어떤 물도 부황 난 풀들을 먹여 살리지 못했다

조령관 문 앞에

새 한 마리 죽어 버려져 있건만

글만 읽던 선비는 새가 죽은

진짜 이유를 알 수 없었다

고개 넘어 내려가 과거 시험 끝날 때까지도

알 수 없었다

장원급제해 다시 선 새재 마루에

또 다른 새 한 마리 죽어 있었지만

그는 고개를 돌리고 눈을 감았다

수백 년 흘러 한양은 서울로 바뀌었지만

희뿌연 안개는 아직도 걷히지 않고

시커먼 시궁창 냄새는 한강으로 흘러 들어간다
그 냄새 막겠다고 여의도에 제방 둘러 쌓았지만
똥물은 오히려 여의도에서 흘러나오고
한강은 아직도 썩은 냄새가 그득하다

뜻도 제대로 모르는 민주주의 이름 아래
우리는 그 똥물을 이고 산다
우리는 그 냄새를 맡고 산다
우리는 그 역겨운 모습을 보고 산다
우리는 그 선비들을 먹여 살린다
그러다가 누렇게 황달 걸린 뒤
우리는 미쳐 간다

세 밤

엄마
외할머니 오실라면
몇 밤 남았어?
세 밤

엄마는 따뜻한 가슴
외할머니는 포근한 마음
엄마는 나의 고향
외할머니는 고향 속의 고향

홀로 떠난 여행
지쳐만 가고
이제 돌아갈 날만 꼽아 본다
세 밤

고향이 그리워진다
따뜻한 가슴에 안기고 싶다

포근한 마음에 매달리고 싶다

세 밤
두 밤
한 밤
세다가 잠이 들고
외할머니가 살았던
고향의 꿈을 꾼다

한 사내

한 사내
낙엽 떨어지는
시냇가 홀로 앉아
술잔에 비친 세월을 읽는다

한 잎 두 잎
잔 위로 떨어지는 잎은
지나온 세월 이야기하고
세 잎 네 잎
바닥에 쌓여 가는 잎은
내다 버릴 침묵처럼 잊혀진다

이제는 마음속 응어리
내버려야 하건만
이제는 머릿속 잡념
걷어 내야 하건만
몇 개 남은 단풍잎은

위태롭게 달려 있고
악취 나는 내 욕심이
발버둥 치며 붙어 있다

나무가 옷을 벗을 때마다
내 생명도 옷을 벗고
어느덧 벌거벗은 내 모습에
짙은 회한 몰려온다

그대 잘 살았는가?
술잔 위로 떨어진 눈물방울이
사내 마음
저 깊은 침묵으로
끌고 간다

생명수

내 마음은 가시덤불에 덮여
나비 한 마리 찾아오지도 않네

내 마음은 박토로 덮여
한 알의 씨앗도 틔울 수 없네

내 마음 한구석 바위 덩어리가 박혀
쉬 뜨거워지고 쉬 차가워지네

마음속 깊은 곳에 청량한 생수 고여 있을 터지만
나는 항상 얕은 곳 썩은 물만 찾아 헤매고 있네

내 스스로 가시덤불 걷어 내고
바위 덩어리 밀쳐 내고
거름 가득한 배양토를 내 마음밭에 채워 넣을 수 있건만

나는 항상 갈증 난 내 목구멍에

누군가 생수 부어 주길 바라고만 있네
구멍 뚫린 내 가슴 채워 주길 기다리고 있네

저 깊은 내 마음속에 생명수가 흐르건만
있는지조차 모르고 헤매고 있네

소풍

월요일에 쿵
화요일에 쿵닥
수요일에 쿵닥 쿵
목요일에 쿵닥 쿵닥
금요일에 궁낙 쿵딕 쿵쿵쿵

토요일 소풍날
아침 일찍
부시시 눈뜬 아이가
엄마에게
묻습니다
도시락 반찬이 무어냐고

사진 속의 내 나이

나무가 해마다 나이테를 만들어 가듯
사람도 나이를 먹어 갑니다
태어날 때
커다란 나이 떡 한 판을 갖고 태어났는지
한 해에 한쪽 나이만큼 먹어 치웁니다

내가 가진 나이를 다 먹어 치우면
내 나이는 끝이 납니다
더 이상 먹을 떡이 없어
내 삶은 끝이 납니다

그러나
사진 속에서 내 나이는 변하지 않습니다
먹지도 않고 내뱉지도 않고
그대로 멈춰 버립니다
사진 속에서 나는
영원한 삶을 살게 됩니다

소백산 희방사

소백산 소나무는 일 년 내내 푸르렀고
백두대간 등허리는 영원토록 곧을세라
산기슭 깔딱 고개 능선 위로 올라서니
희미해진 산사 소리 이 세상을 벗어나고
방울방울 맺힌 눈물 옛 기억에 가슴 아파
사방 사위 고요한데 발소리만 메아리치네

백 년 못 돼 구부러질 유한 수명 인간인데
일 년 못 돼 희미해질 믿지 못할 인간인데
무엇을 잡으려고 허공을 움켜쥐나
무엇을 얻으려고 헛된 것에 매달리나
꽃이 흘린 눈물 속에 온 우주가 담겼는데

눈 뜰 때

눈 뜰 때
내가 어느 세상에 갔다 왔는지
알 수 없고
눈 감으면
내가 어느 우주로 떨어질지
알 수 없네

태어나기 전
내가 어느 세상에서 살았는지
알 수 없고
죽은 다음
내 영혼 어느 세계를 헤맬는지
알 수 없네

한 순간 한 순간
내 지은 죄는 쌓여만 가고
오늘 또 하루

사랑하는 사람

가슴 무너지게 하는 일

수도 없이 늘어만 가는데

나는 아직

저 세상 죄에 사로잡혀

나는 아직

떠돌 영혼 붙잡지 못해

멍한 눈길로

흘러가는 구름만 바라보네

차가운 마음으로

흘러가는 강물만 쳐다보네

내가 사는 가을에

내가 사는 가을에
하얀 달이 들어와
앉습니다

따사한 햇살에 졸고 있던 구름도
따라 들어와
메마른 상처를 쓰다듬어 줍니다

내 방은 파란 벽지로
도배되어 있습니다

봄에 피던 산수유는
어느덧
빨간 열매가 되어
내 안에 사랑의 씨앗을 내립니다

새잎이 돋아나

새빨간 단풍으로 떨어지는 것이
자연의 섭리이듯이

노랗게 익어 가는 감 열매를 바라보며
내 인생의 긴 그림자를
떠올리는 것도
깨달음입니다

우리의 태어남이
기적이듯이
우리의 스러짐도
기적입니다

이제 푸른 하늘에 내 집을 짓고
구름과 벗하며
긴 이야기를 나누려 합니다

낙엽 하나 추억 하나

낙엽 하나 추억 하나
바닥에 쌓이고
낙엽 하나 봉투에 담아
사랑을 전하고 싶은
가을은
따뜻한 아내의 가슴입니다

가을

가을이 떠나갑니다
말간 홍시감만 남겨 놓고
가을이 떠나갑니다

올 때는 소리도 없었지만
갈 때는 바스락 바스락
마음속 켜켜이 쌓인
과거를 낙엽 밟듯
말라 버린 추억을
부수고 떠나갑니다

추억은 다시 흰 눈이 되어
차가워진 내 마음을
포근히 덮어 줄 것입니다

가을이 가다 말고

가을이 가다 말고
잠깐 뒤돌아본다

젊은 날의 혈기가
주홍빛 이파리에
아직 남아 있지만

아침마다 달라지는
거울 속 내 얼굴엔
이미 노란 물이 들었다

그래도
거울 속 푸른 녹음은
내 청춘의 고향이다

가을은 지금
누구를 기다리고 있는 걸까

살아 있는 것들은

살아 있는 것들은 모두
아름답습니다
아름다운 것들은 모두
살아 있습니다
왜 사느냐고 묻거든
세상이 아름답기 때문이라고

눈이 내린다

눈이 내린다
소리도 없이 말도 없이
아직도 낙엽을 떨궈 내지 못한 나뭇가지 위로
지난밤 주정뱅이가 남겨 놓은 발자국 위로
아직 겨울 준비를 하지 못한 장독대 위로
포근하게 내려 덮는다

떨궈 내지 못한 마음속 응어리를
털어 버리라고
나도 모르게 사랑하는 사람에게 남겼던 상처 자국을
지워 버리라고
아직도 삶의 의미를 깨닫지 못하고 방황하는 영혼들의 마음을
보듬어 주느라고

눈이 내린다
우리의 아픈 마음 알고 있었다는 듯
아기 솜이불처럼
여린 우리 가슴 위로 내려 쌓인다

함박눈

함박눈 내린 아침
강아지처럼 집을 나서
달 표면 처음 밟듯
내 발자국 남긴다

가냘픈 가지 끝엔
하얀 솜사탕 내려앉고
굵은 나무 밑동 위엔
하얀 이불 덮여 있다

새들은 아직 깨지 않아
사위는 적막한데
손바닥 때리는 굵은 눈방울은
실로폰처럼 튕기며 노래한다

맞아도 맞아도
아플 것 같지 않고

내려도 내려도
쌓일 것 같지 않은
굵은 눈송이에
내 머리는 멍이 들고
내 가슴은 무겁게 짓눌린다

금방 녹아 버릴
한순간뿐인 삶의 고통도
찬바람 속에선
쌓이고 또 쌓인다

한숨 온기로 사라져 버릴
하얀 눈송이에
왜 이리 지치고 힘들어하는지
남풍 불면 녹아 없어질
흔적 없는 삶의 무게인 것을

나는 날마다

굴절된 편견 속에서
깨끗한 세상 보고 싶어
나는
날마다
비눗물로 안경을 닦는다
구멍이 파이도록
안경을 닦는다

탁한 공기 속에서
맑은 영혼 붙잡으려고
나는
날마다
깊은 숨을 들이마신다
누구도 숨 쉬지 않은
태초의 공기를 들이마신다

온갖 세균 뒤덮인

감염된 세상 속에서
살아남기 위해
나는
날마다
손을 씻는다
살갗이 터지도록
손을 씻는다

썩은 냄새 진동하는
더러운 과거 지우기 위해
나는
날마다
엎드려 회개한다
마른 눈물샘을
쥐어짜며 회개한다

욕망의 똥 덩어리
가득 찬 세상에서
내 마음 지키려고
나는
날마다

비우는 연습을 한다
또 하나의
똥 덩어리 채우지 않으려고
비우는 연습을 한다

오늘 하루
닦아 내도 또다시 흐려지고
들이마셔도 또다시 숨막히고
씻어 내도 또다시 진물 흐르고
회개해도 또다시 죄를 짓고
비워 내도 또다시 욕망이 솟아나는
어찌할 줄 모르는 추악한 내 모습은
이미
무저갱의 심연 속으로 떨어지고 있다

정년(停年)

인생의 첫 30년은 부모의 자식으로 살았고
다음 30년은 가족을 위한 가장으로 살았으며
남은 30년은 나를 위해 살아갑니다

인생의 첫 30년은 아무것도 모르고 살았고
다음 30년은 조금씩 알아 가며 살았으며
남은 30년은 세상의 이치를 새삼스레 깨달으며 살아갑니다

정년이란 단어는
머무름을 의미하지 않습니다
오페라에서 모든 갈등이 해결되는 4막의 클라이맥스에
교향곡에서 3악장까지 켜켜이 쌓아 올린 모든 테마를
아우르고 버무려서 장엄하고 깔끔한
그러면서도 아름다운 코다를 장식하는 4악장에 해당합니다

정년이란
나를 둘러싼 허깨비의 두꺼운 각질을 벗어 던지고

온전히 나만의 모습을 드러낸 한 마리 나비가 되어
새로운 세상으로 날아가는 나이입니다
내가 다시 태어나는 순간입니다

인생의 첫 30년은 무작정 달려가는 길
다음 30년은 헤매며 터벅터벅 걸어가는 길
남은 30년은 확신으로 뚜벅뚜벅 걸어가는 길

뒤돌아보는 것은 부질없는 짓
이미 먼지가 되어 사라져 버린
헛것만 보고 있을 뿐
오로지 생존의 욕구로만 채워진
힘들었던 지난날은 잊어버리고
나의 존재와 내 삶의 의미를 진지하게 성찰해 보는
그리고 이 세상 떠나기 앞서 참 잘 살았다고
회심의 미소를 준비하는
소중한 30년이 되기를 바랍니다
이제 나에게 남겨진 순간순간은
베드로가 천국 문을 향해 한 걸음 한 걸음 나아가듯
신비롭고 영적인 순간입니다

그동안의 고생에 대한 수고의 인사는 받지 마십시오
지나간 세월이 내 삶의 본질인 것을
무슨 위로와 격려의 말이 필요한지요
어제 본 영화 속 대사가 내 뇌를 강타합니다.
'66살 생일에 내가 깨달은 것은
이제부턴 내가 원하지 않는 일에
낭비할 시간이 없다는 것이다'

머무름을 건너뛰고
새로운 세계에 들어가신 것을
축하합니다

내가 네가

모두들 내가 옳다고 한다
모두들 네가 틀렸다고 한다

모두들 내가 잘했다 한다
모두들 네가 잘못했다 한다

모두들 내가 피해자라 한다
모두들 네가 가해자라 한다

너는 내 주장 받아들여야 하고
너는 네 잘못 인정해 사과해야 하고
너는 내 억울함 그대로 보상해야 한다

모두들 옳다 하고
모두들 잘했다 하고
모두들 자기만 피해자라면
세상은 이미

누구나 옳고
어느 누구 잘못 없는
유토피아* 세상일 텐데

우린 아직도 네 탓 네 탓하며
상대방만 헐뜯고 있다
우린 아직도 네가 잘못했다며
사과만 받으려 한다
우린 아직도 네가 가해자라며
보상만 받으려 한다
모두들
자기 혼자만 사는
유토피아 세상인 것처럼

* 유토피아(utopia)라는 말은 'u(no)+topia(place)'로 어느 곳에도 없는 땅이란
  뜻이다.

실망스럽다

백신 맞고 나서
젊은 애들은
열나고 하루 종일 힘들었다는데
나는
아무렇지도 않다
실망스럽다

몸이 아프다는 건
불행한 일이지만
몸이 아프다는 게
행복한 일이 되는 세상
내 몸의 파수꾼이
펄펄 살아 있고
내 몸 안의 림프구가
명령에 따라 제대로 동원되고 있다는

나이는 파수꾼을 졸리게 하고

나이는
림프구 생식 능력을 잃어버렸다
내 몸 세포는 나를 지키지 못하고
나는 그렇게 늙어 간다
실망스럽다

아니
나를 지킬 필요 없어진지도
아니
젊은 날 투쟁의 의미 사라진지도
아무것 없이 빈손으로 태어나
때가 되면 빈손으로 되돌아가야 하건만
무얼 쥐고 가겠다고 발버둥치는 것인지
아직도 잔뜩 묻은 내 욕심이
실망스럽다

우린 왜 그렇게 살았는지 몰라

봄이면 올챙이 잡아
고무신에 담아 키우고
여름이면 송충이 들끓는
플라타너스 나무에서 뒹굴고
가을이면 떨어진 낙엽 주워
삼국지 책 속 깊숙이 감추고
겨울이면 뚫린 창호지 원망하며
아랫목에 기어들고
아침이면
세숫대야 얼음 깨서 고양이 세수에
만족했네

우린 왜 그렇게 살았는지 몰라

담벼락 옆 도랑물은
원래 검은색인 줄 알았고
저기 가는 기차는

고막원이 마지막 역인 줄 알았네
홍수 나면 피난 갔던 동네 공원이
세상 제일 천국인 줄 알았고
뜨거웠던 한여름 수돗가 바닥이
남도 해수욕장인 줄 알았네

우린 왜 그렇게 살았는지 몰라

콧물 흘리며 옷핀 끝으로
꾹꾹 눌러 떼던 띠기가
세상에서 가장 맛있는 과자였고
나뭇가지 잘라 놀던 잣치기가
세상에서 가장 재미있는 놀이였네
만둣집 앞을 지날 때마다
코 점막에 스며들던 봉긋한 만두 냄새에
미칠 듯이 가슴이 뛰었고
아버지 밥상에서 풍겨 오던
바닷바람 물씬 밴 석화 조림 냄새는
지금까지 코끝에서 맴도는
추억으로 남아 있네

우린 왜 그렇게 살았는지 몰라

양동이에 담긴 노란 옥수수죽이
공짜로 얻어먹는 세상 제일 간식이었고
뻘건 김치 뒤집어쓴 도시락 보리밥이
내 배 채울 세상 제일 비빔밥이었네
침에 바른 몽당연필 꾹꾹 눌러
한글 한자 연습하고
연필 채워진 누런 연습장 위에 또다시
볼펜으로 영어 단어 찢어져라 끄적였네
추운 겨울 윗목 놓인 요강 속으로
밤새 내내 개울물이 흘러내렸고
삭힌 홍어 짙게 풍기던 어두운 뒷간에는
잘게 잘린 신문지가 다발로 꿰어 있네

우린 왜 그렇게 살았는지 몰라

이젠
마트 가면 피라미, 열대어, 알록달록 관상어가
휘둥그레 헤엄치고
슈퍼 가면 달콤 바싹 입안에 착 감기는 과자들이

하늘 메울 듯 쌓여 있네
손가락만 두들겨도 전쟁놀이 온갖 게임
밤새도록 할 수 있고
하루 종일 배 터지게 먹고도
한밤중에 손가락 한 번 누르면
통닭 한 마리 배달 오네

한여름에도 춥다고 옷을 껴입고
한겨울에도 덥다고
러닝만 입고 살고 있네
한밤중에도 뜨거운 물
원 없이 쏟아지고
온돌처럼 바닥 뜨뜻한 변기에 걸터앉아
남풍 같은 훈풍으로 깨끗하게 마무리하네

우린 왜 그렇게 살았는지 몰라

그런데
왜
그 시절만 생각하면 눈물이 나오지?

별 헤는 30년

바람처럼 지나온 세월에는
추억으로 가득 차 있습니다
이제
나는 아무 걱정도 없이
추억 속의 별들을 다 헤일 듯합니다
가슴속에 하나둘 새겨지는 별을
아직 다 못 헤는 것은
기억 속에 추억이 아직 다 채워지지 않는 까닭이요
가슴속의 사랑이 아직 다 식지 않는 까닭이요
태워지지 않은 청춘이 아직 남아 있는 까닭입니다*

율곡관 구석에서 처음 만났던 임인경 별
아침 7시면 샛별처럼 떠오르던 이성낙 별
오리온 성운처럼 빛났던 1회 입학생들 별들
그리고
이어 불꽃놀이처럼 쏟아져 내리던 수많은 별들
빛나는 별들과 함께한 30년은

내 인생 최고의 시간이었습니다
아무것도 없던 공허한 우주에
청춘의 빛을 밝히려고 뛰어든 것은
내 인생에서 가장 잘한 결정 중 하나였습니다

텅 빈 우주에서 새로운 별이 태어나고
그 위로 크고 작은 별들이 날아와 채울 때마다
우주는 팽창하고 빅뱅의 노래를 심연 깊숙이 날려 보냅니다
숨을 내쉬고 들이켜는 순간마다
내 별도 그 별들과 함께했다는 게 자랑스럽습니다

밤마다 별을 헤며
30년을 함께한
그 우주의 이름은
아주의대 아주대병원입니다

*   앞 연은 윤동주 시 「별 헤는 밤」을 오마주 했다.

코로나 바이러스가 묻다

코로나 바이러스가 묻다

나는 너희와 그동안 친하게 지냈는데 서로 돕고 살았는데

내가 갑자기 화를 낸 이유를 아느냐고

너희는 핵무기가 무섭고 체첸 용병이 무섭다고 말하지만

그보다 더 무서운 게 무엇인지 아느냐고

서서히 숨통 죄며 미치게 만들어

너희끼리 서로 미워하다 서로 싸우다 서로 죽이다

그러다가 서로 끝장 보는 좀비로 만드는 게 무엇인지 아느냐고

나는 가진 것에 욕심 없고 짧은 생에도 만족하나

필요한 것보다 훨씬 더 가지려 하고 필요 없는 것에도 욕심 내고

남이 가진 것 뺏으려 하고 내가 가진 것 뺏기지 않으려 하고

긴 수명에도 만족 않고 천년만년 살고 싶어

안달 나고 집착하고 요란 떨며 발광하는

너희가 끝도 없는 욕심에 매달리는 이유가 무어냐고

나는 너희에 붙어 기생하고

너희는 지구에 붙어 기생하고

내가 너희를 잡아먹듯

너희도 지구를 잡아먹고

나는 너희가 쓰러진 뒤 나 또한 죽어 없어질 걸 아나

너희는 지구가 죽고 나면 너희 또한 사라질 걸 알고 있나

내가 자식에게 병든 양식 무한대로 남겨 주니

너희도 나를 닮아 자식에게 썩은 지구 물려주는구나

나는 병든 자만 노리고 늙은 자만 괴롭히나

너희는 생명을 물건 만들 듯 사육해서

연한 고기 먹는다며 새끼들만 잡아먹고

산해진미 맛본다며 천산갑도 잡아먹고

배 터지게 먹고 나서 또다시 먹는구나

새벽부터 밤중까지 끊임없이 먹어 대는구나

새싹 따다 삶아 먹고 꽃잎 따다 부쳐 먹고

열매 따다 깎아 먹고 씨앗 따다 태워 먹고

나무 등골 찔러 대며 골수까지 빨아 먹고

뿌리까지 파내어서 쪽쪽 빨아 먹는구나

멀쩡하게 잘 자라나는 산 것들만 먹어 대는구나

너희는 나를 이길 수 있다고 자신하는가?

그 오만함의 근거는 무엇인가?

너희는 그 머리로 항상 이기며 살아왔다고 자부하나

살기 위해 산 자보다 훨씬 더 많은 자를 죽였고

욕망을 채우기 위해 있는 것보다 훨씬 더 많은 것을 파괴했고

그러고서도 살아남은 자 남아 있는 것만 계산해서

너희는 영리했고 현명했고 지혜로웠다고 자찬하는구나

너희는 그 머리로 나를 잡을 열 가지 방법을 알지 몰라도

머리 없는 나는

너희 잡을 방법을 천 가지나 알고 있는 것을

너희 계획 피할 방도를 만 가지나 갖고 있는 것을

너희는 모르고 있지

나를 이길 수 있다는 자신감은 높이 살 만하나

한두 가지 방법으로 나를 잡았다고 기뻐 날뛰나

나를 인정하고 나를 받아들이는 겸손은 아직 모르고 있구나

너희 말고도 이 땅에 살아가는 이 땅에 존재하는

셀 수 없는 삼라만상이 너희를 돕고 너희와 함께하는 것을

알지도 못하고 알려고 하지도 않는구나

너희는 언제까지 이 땅의 모든 것이 너희 것이라고 착각하며 살 것인가

나는 순식간에 하늘의 별보다도 더 많은 전사들을 키워 낼 수 있고

날마다 신무기를 끝도 없이 만들어 낼 수 있어

네가 가진 T세포를 믿고 NK세포를 자랑하나

셀 수도 없는 전사들 앞에 너희는 쓰러질 수밖에 없고

쓰러질 수밖에 없는 운명인 것을

너희는 약하고 네 세포는 녹슬고 네 세포는 병들고

결국 내가 먹어 쓰러질 존재인 것을

당장 내가 사라졌다고 좋아하지 마

나는 불멸의 존재야

나는 너희 이전 훨씬 전부터 살아왔고

너희가 사라진 뒤 훨씬 후까지 살아남을 거야

너희가 모든 것을 다 안다고 아무리 자랑해도

내가 너희를 결국 이긴다는 사실만 모르고 있지

아직도 교만을 벗어 버리지 못하고

아니 오만으로 한 겹 더 포장해서 우쭐대는구나

한순간의 승리에 기고만장하는구나

그런 기쁨 느껴 보는 것도 필요하겠지

그러나

너희는 나를 통해 무엇을 배워야 하는지 아직도 모르고 있구나

아니 생각조차 않는구나

3부

빛, 모든 생명의 근원

주산지(注山池)

물속에
내가 태어난 우주가 있다
하늘 아래
하얀 구름 떠다니고
그 구름 보며
푸른 잎 왕버들이 자란다

일찍 잠이 깬
붕어 입질에
여기저기 파문이 일고
날아가던 새들은
왜곡된 시공간을 지나
저 우주 너머
사라지고 만다

그곳엔 추위도 없고 더위도 없다
물속엔

때 묻지 않은 마음만 차 있다
내가 사는 곳은
정수된 물조차 탁한 물 밖인가
먼지 안은 바람조차 깨끗한 물속인가

근원의 빛

빛은 모든 생명의 근원이다. 자궁에서 나와 눈을 뜨자 생명이 열리고 마지막 순간 눈을 감으면 생명이 닫힌다. 그래서 빛은 생명의 시작이고 생명의 끝이다. 그래서 빛은 생명이고 암흑은 죽음이다. 빛으로 세상이 열리고 암흑으로 세상이 닫힌다.

빛으로 세상을 보고 빛으로 세상을 받아들인다. 빛은 감각의 시작이며 빛은 지혜의 원천이다. 빛을 보고 느낄 수는 있지만 빛을 만질 수 없다. 빛은 가만히 있지만 빛을 잡을 수 없다. 빛은 어느 곳에나 널려 있지만 빛을 담을 수 없다.

빛의 시작은 알 수 없고 빛의 끝도 알 수 없다. 빛은 시간의 시작이고 시간의 끝이다. 그래서 빛은 우주의 시간 속에서도 영원하다.

빛은 형태가 없지만 빛은 형상을 만든다. 빛은 색깔이 없지만 빛은 색깔을 만든다. 빛은 영혼이 없지만 빛은 영혼을 깨운다. 빛은 마음이 없지만 빛은 마음을 채운다. 빛은 보이지만 빛은 보이지 않는 세계로 우리를 인도한다.

빛은 물질적이지만 빛은 비물질적이다. 그래서 빛은 보이지만 빛은 보이지 않는다. 그래서 빛은 측량할 수 있지만 빛은 측량할 수 없다. 빛의 공간은 무한하다.

빛은 보이지 않지만 빛을 받은 자는 누구나 자기 빛의 색깔을 드러낸다. 빛을 누구나 가질 수 있고 그래서 빛은 누구에게나 공평하다. 그렇다고 누구나 모든 빛을 다 가질 수는 없다. 그래서 빛 앞에선 누구나 평등하다.

빛은 누구에게나 똑같이 나눠 주지만 열린 마음만큼만 받는다. 빛은 누구에게나 똑같이 비춰 주지만 깊은 마음만큼만 밝아진다. 마음을 밝힌 빛은 거친 광야 길의 등불이 된다.

나는 하나의 우주다. 너도 하나의 우주다. 그래서 우리는 하나의 우주다.

빛은 우주를 채우고 암흑은 우주를 비운다. 내 안에 빛이 차 있고 내 안에 빛이 없다. 빛은 질서고 암흑은 혼돈이다. 혼돈은 질서를 부르고 질서는 혼돈을 부른다. 그래서 혼돈과 질서는 하나다. 빛과 암흑은 하나다.

빛은 선이고 암흑은 악이다. 그래서 선한 자는 빛을 찾고 악한 자
는 어둠을 찾는다. 그래서 선한 자는 빛을 찬양하고 악한 자는 빛을
두려워한다.

빛은 사랑이고 암흑은 증오다. 빛은 이 땅에 내려와 사랑이 되고
암흑은 이 땅으로 기어올라 와 증오를 불러일으킨다. 사랑은 빛이 되
어 세상을 밝히고 증오는 또 다른 증오를 만들어 파멸로 이끈다. 빛
은 이 세상의 참평화다.

도미니크

깨끗하면 더럽히고 싶고
하야면 검게 칠하고 싶고
잔잔하면 돌을 던지고 싶고
순수하면 유혹하고 싶고
아름다우면 꺾어 버리고 싶은

부지런하면 훼방 놓고 싶고
인기 많으면 깎아내리고 싶고
높이 오르면 끌어내리고 싶고
예쁘면 밉게 보고 싶고
똑똑하면 시기하고 싶은

인간의 마음은 시계추(時計錘)와 같아
중간에 멈춰 그대로 바라보지 않고
항상 반대편 추 끝만 바라보며
쉼 없이 불만의 욕구를 토해 낸다
인간의 마음은 땅을 산 사촌을 보는 것 같아

먹어도 먹어도 배부르지 않고

항상 배가 아프다

그녀의 마음은

먼지 하나 일지 않는 깊은 산속의 옹달샘같이

그녀의 노래는

빛보다 더 먼 태초의 고향에서 울려 퍼지던

진주알 메아리같이

그녀의 영혼은

깊이를 알 수 없는 심연에서 솟아나는

맑은 물같이

깨끗하면서도 투명한

순수하면서도 해맑은

아름다우면서도 밝게 빛나는

천사의 노래를 들려준다

그대로 듣고만 있었으면 좋았을걸

그대로 바라봐 주었으면 좋았을걸

그대로 느끼기만 했었으면 좋았을걸

세상은 시계추처럼

사촌이 땅을 산 것처럼

그녀의 노래를 이 땅으로 끌어내리고
탐욕의 입김을 불어넣는다

이제는 그녀의 노래를 들을 수 없다
이제는 그녀의 마음을 엿볼 수 없다
이제는 그녀의 아픔을 함께할 수 없다
스스로 떠나보낸 그녀의 노래는
아무것도 가진 것 없이
걸어서 설교하러 다니던
도미니크의 발길 따라
오늘도 이 땅 위에
아픔을 모르던 내 가슴 위에
숨죽여 부르는 슬픈 노래가 된다

성운(星雲)

그 속엔

곰이 살고

물개도 살고

유령도 산다

유리창에 흘러내린 빗방울이

옆으로 퍼지면서

사라져 버리듯

빅뱅 장면을 거꾸로 돌린 듯

타임머신을 타고

태초로 돌아간 듯

그곳엔

새로운 세계가

태어난다

넓게 퍼진 구름들이

끼리끼리 뭉치면서

새로운 별들이 태어난다

(nasa.gov)

구름은 곰이 되고

구름은 물개가 된다

그리고

저 넓은 우주의 한 구석에서

새로운 생명이 태어난다

유령도 아닌

좀비도 아닌

완벽한 새 생명이

태어난다

빅뱅 전에 있었던 생명이나

이제는 새로운 생명이다

죽었던 생명이나

이제는 부활한 생명이다

그 생명이

우주를 휘젓고 다닌다

곰과 노닐고

물개와 노닥인다

자유로운 영혼처럼

우주의 빈 공간을 헤엄친다

내 밖의 우주 내 안의 우주

숨을 들이쉬면 내 밖의 우주가 들어오고
숨을 내쉬면 내 안의 우주가 나간다

가만히 귀 기울이면 내 밖의 우주가 들려오고
내가 말하면 내 안의 우주를 들려준다

눈 뜨면 내 밖의 우주를 바라보고
눈 감으면 내 안의 우주를 들여다본다

팔을 뻗으면 내 밖의 우주가 다가오고
팔을 가슴에 안으면 내 안의 우주와 하나가 된다

내 밖의 우주가 나에게 이야기 걸면
내 안의 우주가 마음의 문을 열고 맞장구친다

우주가 슬퍼하면 내가 슬프고
우주가 기뻐하면 나도 기쁘다

이 땅의 모래 알갱이보다 더 많은 별들이
나를 내려다본다
그 별들은 내 몸 세포의 고향이다

크기를 알 수 없는 우주는 내가 되고
나는 깊이를 알 수 없는 우주를 담고 있다

새벽 서늘한 바람이 나를 깨운다
우주가 나를 일으킨다

하늘이 파랗다
내 마음도 파랗게 물이 든다

초록 잎에 단풍이 들자
싱싱했던 내 몸도 노랗게 물들어 간다

낙엽이 떨어지면 나도 떨어지겠지
그리고 저 우주의 한 공간에서
헤엄치고 있겠지

올챙이

산수유 그늘 아래
올챙이가 산다
빗방울 머금은 설익은 열매는
아가 방을 만들고
그 안에
올챙이가 산다
엄마 개구리가 알 낳고 내려간 지
한참 되었지만
이제 막 알에서 깨어난
올챙이 탯줄은
저 우주 끝까지 이어진다

아침 햇살에
엄마 손의 따뜻함을
산들 바람에
엄마의 숨길 찾아
이제 막 젖을 물린 아이처럼

입을 오므려
하늘을 빤다

산수유 그늘 아래
이제 막 태어난
올챙이가 산다
푸른 잎 사이
파란 하늘에서 내려온
태고의 빛이
맑은 호수 안으로 날아들고
그 빛을 향해 힘차게 꼬리 젓는
개구리의 이야기가 시작된다
우주의 고동(鼓動)이 펴져 나간다

생레미 수도원 성당

사람 발길 뜸한
고즈넉한 성당 앞뜰
이끼 낀 포석 틈새
잡초들만 고개를 들이민다

바람과 비에 씻겨
윤곽마저 부드러운 서쪽 파사드*엔
천 년의 향기가 고스란히 배어 있다
조각상 떨어져 나간 받침대엔
고독의 그림자가 밀려온다

성당 밖 공기는 욕망으로 뜨겁더니
네이브**에서 들이마신 공기는 축축하고 시원해서
수도사의 숨결이 살아 있다
투박한 돌기둥이 세상의 죄와 때로 얼룩진
내 영혼을 향해 말없이 꾸짖는다
천측창*** 좁은 창문으로 쏟아진 한줄기 햇살에

내 발자국은 하나씩 하나씩 씻겨져 나가고
슈베****를 장막처럼 감싼 스테인드글라스엔
이천 년의 역사가 숨결처럼 살아 움직인다

나는 그들과 이야기를 나눈다
인간의 끝없는 욕망은 한낱 티끌로 끝나는 것을
내 안 깊숙이 뿌리 박힌 죄악을 들춰내며
껍데기로 포장된 위선을 꾸짖는다
엎드려 기도하며 참회의 날들로 무릎 닳아 없어진
수도사의 간구가 나지막이 내 귀를 때린다

기도 제목이 삐걱대는 의자 위로 차곡차곡 내려앉는다
햇살이 내리꽂힐 때마다 욕망으로 얼룩진 기도 제목은
풍화되어 어슴푸레 어두운 성당 안으로 흩뿌려 없어진다

내 안의 하나님을 찾지 못하고
내 밖의 하나님에게 매달리는 인간의 어리석음을
수도사들은 이미 알았던 것일까
그들은 차갑게 입을 다물고 있다

성당 문을 나서자

바울을 눈멀게 했던 햇살은 쏟아지고

내 안의 온갖 배설물을 쏟아 낸 것처럼

내 몸은 가벼운 깃털이 되어 하늘로 날아간다

* 파사드: 성당에서 신자들이 들어가는 서쪽 면.

** 네이브: 성당 내부에서 신자들이 앉아 예배를 보는 서쪽의 가운데 공간.

*** 천측창: 네이브 위쪽 천장 바로 밑에 열린 창. 로마네스크 성당에서는 천측창이 작다.

**** 슈베: 성당에서 성가대석 동쪽 끝부분을 지칭한다. 앱스와 앱스를 둘러싼 순례 회랑이 자리한 공간이다.

말러 교향곡 제3번*

모래 덮인 사막 지평선 아래

뜨거운 태양이 숨어 있다

나지막한 현(絃) 울림은 태양을 건드리고

갇혀 있던 붉은 여명이

맑은 물에 풀린 물감처럼 지평선에 퍼져 간다

여명을 뚫고 빛줄기 하나 솟아오른다

한 줄기는 두 줄기 되고 태양이 민낯을 밀어내듯 드러내자

어둠은 서서히 물러가고 그 자리를 빛이 채운다

차가웠던 대지가 빛의 사랑으로 잠을 깬다

저 멀리 낙타 한 마리

티끌 같던 아라비아의 로렌스는 조금씩 얼굴 드러내고

일찍 잠 깬 양들 부르는 목동의 노랫소리는

풀벌레처럼 초장을 타고 넘어 귓가에서 점점 커져 간다

스멀스멀 피어오르는 봄날의 아지랑이는

품에 안긴 엄마 젖처럼 따뜻하다

산들산들 불어오는 다정한 봄바람이

노란 야생화 얼굴을 쓰다듬고
이내 먹이 찾아 나선 벌과 함께 춤을 춘다
아침 먹은 밝은 빛은
따사한 햇살이 되어
세상을 사랑으로 데우기 시작한다

빛이 올라왔던 지평선 저 멀리 하늘 음성 들려온다
심령이 가난한 자 이리 오라
애통하는 자 이리 오라
온유한 자 이리 오라
의에 주리고 목마른 자 이리 오라
긍휼함을 아는 자 이리 오라
마음이 청결한 자 이리 오라
화평하게 하는 자 이리 오라
의를 위해 박해받는 자 이리 오라
이제 천국은 너희에게 열려 있고
빛의 하나님은 너희와 함께하나니
기뻐하라 즐거워하라
사랑의 빛으로 가슴을 채우라

부활 예수를 떠메 올렸던 천사들이 나를 둘러싸고
천국의 문 앞으로 데려간다

문 앞을 지키는 베드로에겐 천국 열쇠가 없다

두 팔 벌린 넓은 마음만 있다

그가 내미는 손은 고기 낚는 어부처럼 거칠다

갑자기 내 마음 불안해진다

못된 행동 나쁜 생각 더러운 마음 떨쳐 내지 못한 죄성은

천국의 문 앞에서도 버리지 못했다

그러나 심판은 없었다

심판의 나팔 대신 나이팅게일의 노래만 들려오고

천국은 빛으로 가득 찼다

감사와 기쁨과 사랑만 가득 찼다

서로 손잡아 주고 서로 안아 주고 서로 위로해 주고

창조주의 은혜가 넘치는 공간

가슴은 터질 듯 부풀어 오르고

불꽃놀이처럼 내 머릿속은 작열한다

심벌즈의 강렬한 충격에

눈을 뜨고 사방을 둘러본다

저 멀리

베드로의 굵은 발자국 소리 쿵쿵 들려오고

그가 내미는 손을 잡고 나는 천국에 들어간다

빛으로 다시 돌아간다

* 구스타프 말러의 교향곡 제3번 6악장의 감동을 글로 옮겼다. 사진은 베네치아
  두칼레 궁전에 그려진 틴토레토의 〈천국〉 장면이다.

카놋사의 굴욕*

나는 하나님에게 용서를 구했을 뿐
인간에게 용서를 바란 적 없다
나의 잘못이라면 하나님에게 지은 죄뿐인 것을
교황은 하나님을 들먹이며
나를 사흘 동안 문밖에 세웠다

맨발 위로 떨어지는 눈송이에
내 발등은 깜짝깜짝 놀라지만
그것을 아픔이라 여기지 않았다
내가 지은 죄로 받아야 할
당연한 고통이라 여겼다

나의 깊은 죄성을 씻어 내지 못해
하루에도 몇 번씩 내 죄에 불쑥 놀라지만
하루가 멀다 하고 날아드는 반란 소식에
무릎 꿇고 엎드려 회개할 시간조차 없었다

나는 자비를 베풀려 했지만

반란군은 내 조상 무덤까지 파헤치며

나와 내 선조를 욕보였다

한순간 끓어오르는 분노를 참지 못하고

그들의 숨통을 끊었지만

그렇다고 내 분노가 가라앉는 것도 아니고

그렇다고 그들의 죄가 없어지는 것도 아니다

오히려 내 죄만 쌓여 갈 뿐이다

아직 회개할 시간조차 갖지 못했는데

교황은 나더러 무릎을 꿇으란다

나는 내 선왕이 그랬던 것처럼

내 의무를 다했을 뿐인데

그는 하나님이라도 된 듯

나를 심판하려 든다

이 세상 어느 누구도 나를 심판할 인간 없는데

그는 이 세상 인간이 아닌 양

재림 예수처럼 나를 심판하려 든다

때 묻은 망토 위로 점점 눈이 쌓여 간다

그것이 내 삶의 무게인 것을

보이기론 한 줌 눈덩이밖에 안 되지만

천근만근 내 가슴 짓누르는

삶의 무게인 것을

둘째가 나를 배신하고

여우 같은 마틸다 꾐에 빠져 내 권위를 무시할 때도

족제비 같은 교황 손에 놀아나 내 자리를 탐낼 때도

아비로서 사랑을 베풀지 못한 내 죄라 여기고

자식을 끝까지 보듬어 안으려 했다

그의 허물을 물으려 하지 않았다

자식은 용서를 빌지 않았다

홀로 쓸쓸히 찬 방에서 눈감았다는 소식에

내 가슴 도려내듯 찬바람이 때렸지만

이미 말라 버린 눈가에 흘릴 눈물조차 남아 있지 않았다

내가 믿는 것은 나의 백성뿐인데

그들은 지켜 줄 힘이 없다

힘 있는 자들은 나의 빈틈만 엿보고 있다

한순간의 실수가

나의 조상들이 이룩한 거룩한 업적을

송두리째 무너뜨릴 것이다

힘에 겨워 셋째에게 왕위를 넘겨주고
나는 다시 아들을 보호하러 전장으로 떠났다
그 순간 귀족들은 이브를 유혹했던 사악한 뱀처럼
귀 얇은 자식에게 달콤한 꿀을 들이부었다
셋째는 나를 잡아
불빛 하나 들지 않은 지하 감옥에 내던졌다
등골이 시려 오고 손마디가 마비돼도
나는 내 자식이 내린 결정이라 믿지 않았다
왕관을 내놓으라 협박해도
그게 내 자식의 진심이라 믿지 않았다

밤새워 내린 눈이 내 죄를 덮으려 하지만
이미 감당 못할 죄의 무게로 일어설 수가 없다
떠메어 들어간 훈훈한 방 안에
실뱀 눈을 한 교황은 승리의 미소를 내던지고
옆에 선 마틸다는 고소한 듯 야릇한 눈길로 바라본다

하나님 모든 인간을 용서하소서

* 카놋사의 굴욕

　1076년 정초 신성로마제국의 하인리히 4세는 교황 그레고리 7세와 밀라노 주교 임명을 두고 세기사적인 갈등을 겪는다. 하인리히 4세 이전 황제는 관례대로 주교 임명권을 행사해 왔으나 개혁가 교황 그레고리 7세는 주교 임명권은 전적으로 교황의 권한이라며 이를 거부한 하인리히 4세를 파문하였다. 당시 하인리히 4세는 작센 반군과 전쟁 중이었다. 왕이 교황에게 파문당하자 많은 제후와 주교들이 왕에게 등을 돌리고 새 왕을 뽑겠다고 아우크스부르크 회의를 소집했다.

　할 수 없이 하인리히는 교황에 굴복해 1077년 1월 추운 겨울날 카놋사 성의 문 앞에서 눈을 맞으며 사흘간 석고대죄를 한다. 유명한 카놋사의 굴욕이다. 카놋사 성은 토스카나에 광대한 영토를 소유한 마틸다 백작 부인의 성이었고 이때 클뤼니의 생 위고도 조정을 위해 성안에 머물렀다. 못 이기는 척 교황은 왕을 용서하면서 파문을 철회했다. 그러나 제후들은 약속과는 달리 왕에게 반란의 칼끝을 들이댔고 하인리히는 3년간 전쟁을 치러 반란군을 제압한 뒤 1081년 교황이 있는 로마로 쳐들어갔다.

하인리히 4세의 첫아들은 한 달 만에 죽었고 둘째 아들이 콘라트 2세다. 하인리히는 둘째에게 기대를 걸고 일찍이 그를 제국의 후계자로 지명했으나 아들은 카놋사의 성주 마틸다와 그녀의 남편 벨프 5세의 꾐에 빠져 아버지에 대항해 반란을 일으켰다. 그러나 마틸다와 벨프가 1년 만에 이혼하고 벨프 가문이 하인리히 편으로 돌아서자 콘라트의 이용 가치는 없어졌다. 하인리히 4세는 콘라트를 폐위하고 셋째 아들 하인리히 5세에게 왕위를 물려주었다. 콘라트는 27살 때 피렌체에서 원인 모를 열병으로 죽었다. 독살이란 이야기도 있다.

하인리히 5세는 1099년 아헨에서 대관식을 치르고 아버지와 공동왕이 되었다. 그러나 아버지의 반대파인 바바리아의 젊은 귀족들이 그에게 다가와 기다린다고 왕위를 물려받는 게 아니라고 꼬드기자 귀족들 편에 서고 만다. 이때 교황 파스칼 2세는 의로운 왕이 될 거라며 하인리히 5세를 더욱 부추겼다. 아들은 아버지와 싸우던 작센 제후와 손을 잡았다. 하인리히 4세와 5세 간에 일촉즉발 전쟁에 돌입하려는 찰나, 제후들이 성탄절 날 마인츠에서 제국의회를 열고 서로 타협하자고 제안했다.

12월 20일 코블렌츠에서 아버지를 만난 하인리히 5세는 고개 숙여 눈물을 흘리면서 아버지에게 키스했다. 마음이 풀어진 하인리히 4세는 자기 군대를 물리치고 아들을 따라 마인츠로 들어섰다. 그러나 아들은 하인리히 4세를 그의 적수인 게브하르트 주교의 뵈켈하임 성으로 데려가 토굴에 가두었다. 그리고 제국의 왕보를 내놓으라고 협박했다. 말을 듣지 않자 근처 잉겔하임으로 끌고 갔다. 죽일 것 같다는 위기감에 들자 황제는 결국 왕보를 내놓았다. 다음 해 정초 하인리히 5세는 마인츠 대주교로부터 왕보를 받았다. 하인리히 4세는 탈출해 리에주로 도망가 그곳에서 재기를 꾀했으나 8월 갑자기 사망하고 만다. 그의 나이 56살이었다.

글래디에이터*

꿈을 꾼다

새파란 하늘 아래

누런 밀밭 위로

내가 실려 간다

사랑하는 아내가 있는 곳

눈에 넣어도 시리지 않을 아들이 있는 곳

흙먼지 날리는 그곳을 향해

늦봄의 메마른 바람을 타고

내가 흘러간다

전장을 쫓아다니느라

삼 년 동안 보지 못한 아내는

하얀 벽에 하루하루 빗금 그으며

나를 기다리고 있을 터다

아비 얼굴 기억조차 없을 아들은

날마다 엄마 품속에서 아빠 얼굴 그렸을 터다

눈을 감는다

따사한 햇빛이 얼굴을 감싼다

나는 실려 간다
나는 흘러간다
날마다 기도하며 입 맞췄던 아내 목각 손에 쥐고
고향으로 달려간다

눈을 뜬다
검붉은 피가 태양을 가린다
팔다리는 묶여 움직일 수 없다
아니 움직일 힘조차 없다
게르만족을 향해 휘둘렀던 내 팔에
구더기가 가득하다
통증마저 이미 떠나가 버렸다
썩어 가는 한 마리 고깃덩어리가 되어
나는 끌려간다
시커먼 비구름은 내 눈동자를 덮어 버리고
내 목숨은 이미 심장 밖으로 기어 나왔다
황제는 정의롭고 강한 공화정을 바랐지만
살모사 독을 품은 아들은
늙은 황제를 압살하고
탐욕스러운 그 배신의 칼날을
내 머리에 내리쳤다

황제가 믿고 의지했던 충직한 내 마음에
작두 위에 선 무당처럼 휘둘러 댔다
이제 나는
심장만 가슴에 겨우 달린 채
소가 끄는 달구지에 실리어
떠밀려 간다
천둥 번개 내리치는 로마를 향해
썩은 냄새 진동하는 로마를 향해

다시 눈을 감는다
피눈물이 고인다
통곡의 눈물이 고인다
회한의 눈물이 고인다
사랑하는 아내
거친 손 한번 잡아 보지 못한 채
그리움 담긴 심장 소리 느껴 보지도 못한 채
나는 무너져 내렸다
병아리 솜털처럼 때 묻지 않았던 아들은
이미 하늘에서 나를 내려다보고 있다
욕망으로 뒤엉킨 정치는
거짓으로 도배된 정치는

탐욕으로 피범벅 된 정치는

내 모든 충절을 뇌물처럼 받아먹고

나를

하루살이 검투사로 만들어 버렸다

그리고

그 추악한 손가락은

내 숨통을 쥐고 흔들었다

그러나

나는 일어섰다

치욕의 모래 삼키며 일어섰다

살아야 했다

오로지 복수하기 위해

더럽고 악취 나는 그의 심장 깊숙이

모래 묻은 내 비수 찔러 넣기 위해

살아남아야 했다

그렇다

나는

네가 태워 죽인 아들의 아버지다

네가 능욕하고 매달아 죽인 아내의 남편이다

다시 꿈을 꾼다

누런 밀밭 위로

내가 실려 간다

색깔 사라진 하늘엔 빛만 가득하다

먼지 담은 바람 속에 아내 살 내음 실려 오고

따사로운 햇빛 속에 아내 숨결 다가온다

이제 나는 고향으로 돌아간다

복수심을 내려놓고 칼자루를 내려놓고

고향으로 돌아간다

탐욕도 없고 정치도 없는

고향으로 돌아간다

밀밭 끝에서 아내와 아들이 나를 부른다

그들의 사랑이 나를 부른다

내 영혼이 헤엄치듯 밀밭을 휘젓고

심장은 격렬하게 다시 뛰기 시작한다

근원의 빛이 나에게 다가온다

빛으로 가득 찬 세상 사랑으로 충만한 세상

거짓도 없고 배신도 없는

슬픔도 없고 아픔도 없는

고향으로 돌아간다

* 글래디에이터: 2000년 개봉된 리들리 스콧 감독의 영화. 제정을 끝내고 공
  화정으로 되돌리려는 마르쿠스 아우렐리우스 황제는 그 일을 그가 신임하
  는 주인공 막시무스 장군에게 맡기려 한다. 그러나 야심만만한 황제의 아들
  콤모두스는 아버지를 죽이고 황제에 올라 막시무스에게 충성을 요구한다.